, um gewesen zu sein.

,um gewesen zu sein.

Ein Theaterstück

Mehdi Tavakoli

© 2024 Mehdi Tavakoli
Verlag: BoD · Books on Demand GmbH,
In de Tarpen 42, 22848 Norderstedt,
bod@bod.de
Druck: Libri Plureos GmbH,
Friedensallee 273, 22763 Hamburg
ISBN: 978-3-7693-0081-9

Dank Anna Schmidt, die meinen Worten Flügel verlieh.

Personen:

MEDIANA,
eine leidenschaftliche Malerin, Anfang 30

DIE SCHRIFTSTELLERIN,
eine introvertierte, aber dominante, Ende 30

ZHAZH,
ein Phantomschreiber, Anfang 40

ANZOR,
ein Klavierspieler, Ende 30

NATAN,
ein erfahrener Kellner, Anfang 50

AKT I

In der hinteren Ecke der Bühne erhellt ein kaltes, scharfes Licht eine Frau. Sie steht reglos, erstarrt wie eine Statue. Zwei Wände, fragmentarisch wie die Überreste eines Zimmers, umrahmen sie.

Auf der anderen Seite der Bühne, ein Schreibtisch. Darauf eine Schreibmaschine, stumm. Ein Fensterrahmen hängt schräg vom Dach herab, darunter, auf einem kleinen Vintage-Tisch, ein alter Schallplattenspieler.

Unter dem kalten Licht steht die Frau, unbeweglich, wie eine Statue. Dann, das Licht erlischt.

Auf der anderen Seite der Bühne geht ein warmes, gedämpftes Licht auf. Es zeigt ein neues Szenerio, Ein Café.

In diesem Café sitzt ein Mann alleine an einem Tisch, starr wie ein Figur aus Stein. Dahinter, fast verborgen, ein Klavierspieler am Flügel. Das Licht bleibt nur einen Moment, dann erlischt es wieder.

Das kalte Licht flackert erneut auf. Die Frau setzt sich am Schreibtisch. Ihre Finger schweben kurz über der Schreibmaschine, bevor sie zu tippen beginnt. Wenige Tastenanschläge später erlischt das Licht wieder.

Die Bühne bleibt in der Mitte dunkel.

Das Licht im Café geht an. Im Hintergrund vermischen sich die Gespräche der Gäste zu einem gedämpften Rauschen. Das Café ist nicht überfüllt.

MEDIANA betritt das Café, ihre Bewegungen eilig, ihre Wangen gerötet von der Kälte draußen. Sie entdeckt ZHAZH, der entspannt an einem Tisch sitzt, zurückgelehnt mit verschränkten Armen.

MEDIANA: *(während auf ihn zukommt, ihre Stimme leicht atemlos)* Tut mir leid! Ich glaube, ich bin zu spät. Ich habe keine Uhr dabei...

ZHAZH: *(unterbricht sie, ruhig)* Bist du nicht.

MEDIANA: *(sichtlich erleichtert, lässt sich auf den Stuhl neben ihm sinken)* Oh, gut. Ich dachte schon, ich hätte dich warten lassen.

> *ZHAZH macht eine abweisende Handbewegung , als wolle er das Thema abschütteln.*

ZHAZH: Ich war auch nicht früher als nötig da.

MEDIANA: Das klingt nach dir. Nie zu früh, nie zu spät. *(zieht ihren Mantel aus)* Es ist eigenartig kalt heute.

ZHAZH: Es wird schneien.

MEDIANA: Dann wird es sich wärmer anfühlen. *(eine kurze Pause, dann mit einem Hauch von Verspieltheit)* Frag mich, warum ich zu spät gekommen bin.

ZHAZH: *(blickt sie an, ohne jede Eile)* Warst du nicht.

MEDIANA: Dann tu einfach so, als ob.

ZHAZH: Okay, warum?

MEDIANA: Warum was?

ZHAZH: Warum hast du das Gefühl, zu spät gewesen zu sein, obwohl du es nicht warst?

MEDIANA: Haha, ...weil ich fast eins verkauft habe.

ZHAZH: Welches?

MEDIANA: Das große abstrakte, was ich im Sommer fertig gemalt habe.

ZHAZH: Ach das, und?

MEDIANA: *(mit einer Mischung aus Stolz und Frust)* Der Typ mochte es, aber seine Frau *(imitiert die Frau spöttisch)* „...wirklich beeindruckend, aber nicht ganz so passend zu den anderen Bildern, die wir schon aufgehängt haben."

ZHAZH: Ach! Öde...

MEDIANA: Naja, egal. *(zögert, überlegt kurz)* Obwohl nicht so ganz, könnte mir mit dem Geld was gönnen.

ZHAZH: eine Pause?

MEDIANA: *(schaut ihn an, leicht spöttisch)* Komm schon, ein bisschen Empathie wäre jetzt nicht verkehrt.

ZHAZH: *(gelassen)* Zeige ich doch, auf meine Weise.

MEDIANA: *(sarkastisch)* Wer erwarte ich das von? *(sie sieht sich im Café um)* Gemütlich hier. Kennst du den Laden?

ZHAZH: *(schulterzuckend)* Nein, bin aber soweit zufrieden mit meiner Wahl.

MEDIANA: *(mit einem schiefen Lächeln)* Das hört man selten von dir.

ZHAZH: Es muss nicht viel sein, solange es meinen inneren Frieden nicht stört.

MEDIANA: *(schmunzelt, lehnt sich entspannt zurück)* Passt ja. Klingt nach einem soliden Abend zu zweit.

ZHAZH: Sollen wir bestellen?

MEDIANA nickt zustimmend und Café-Licht geht aus.

Das kalte Licht flackert wieder auf. In ihren Händen hält DIE SCHRIFTSTELLERIN eine Schallplatte und lässt sie spielen. doch kein Ton erklingt. Das Licht erlischt.

Das Café erhellt im warmen Licht. Alsbaldig setzt der Klavierspieler seine Melodie in Gang.

MEDIANA legt ihre Hand auf auf ZHAZHs Hand. Ihr Blick bleibt auf seiner Hand, als sie sie streichelt.

MEDIANA: Was ist los? Keine Lust auf reden?

ZHAZH: *(schüttelt seinen Kopf, schaut zum Klavierspieler)* Wunderschön.

MEDIANA: Die Musik?

ZHAZH: Ja, bezaubernd... aber gefährlich.

MEDIANA: Wieso?

ZHAZH: Man sollte nicht zu sehr auf sie achten.

MEDIANA: Dann achte nicht auf sie und rede mit mir.

ZHAZH: *(bleibt still)*

MEDIANA: *(hört aufmerksam hin)* kennst du den Komponisten? Von wem ist sie?

ZHAZH: *(leise)* Von jemandem, der sofort aufhören würde, wenn er wüsste, dass jemand wirklich aufmerksam hinhört.

MEDIANA: *(ein wenig verwundert, überlegt)* Warum aber?

ZHAZH: *(richtet sich nickend auf, als hätte er auf diese Frage gewartet)* Weil sie genau dafür geschaffen wurde.

MEDIANA: *(verwirrt)* Wofür?

ZHAZH: Für den Rand des Lebens, für Augenblicke, die beiläufig bleiben sollen. *(kurze Pause, er lächelt bitter)* Sie ist aber zu stark, zieht dich rein, zwingt dich zuzuhören.

> *ANZOR, der Klavierspieler, bemerkt die beiden und beobachtet ZHAZH. Seine Miene bleibt gefühllos.*

MEDIANA: Hinreißend ist sie. Sie gehört nicht an den Rand, sie ist viel mehr als das.

ZHAZH: Seltsam, oder? Ein Meisterwerk für den Rand des Lebens ... das funktioniert nicht.

MEDIANA: Wer entscheidet denn, was am Rand ist und was im Zentrum?

ZHAZH: *(rhetorisch)* Das Leben vielleicht!

MEDIANA: Genau. Das Leben, nicht der Schöpfer. Nicht der Komponist, oder?

ZHAZH: *(öffnet kurz die Augen, sieht* MEDIANA *an)* Wenn es überhaupt einen Schöpfer gibt. *(Er schließt die Augen wieder.)* Lass mich noch ein wenig weiter genießen.

MEDIANA: *(sieht ein wenig enttäuscht aus)* Wie du willst. Aber du tust genau das, was der Komponist nicht wollte.

ZHAZH: *(öffnet die Augen, sieht sie kurz an, mit einem leichten Grinsen)* Du merkst schon, dass du dich gerade selbst widersprichst?

MEDIANA: *(sarkastisch)* Weil es mir vielleicht lieber ist, mit dir zu reden, als die Wände anzustarren?

ZHAZH: Oder die Musik zu genießen?

> NATAN, *der Kellner betritt die Bühne mit ihren Bestellungen in der Hand. Eine Flasche Rotwein und ein Teller mit Käse und Weintrauben.*

NATAN: *(stellt die Bestellungen auf den Tisch)* Bitteschön, eure Bestellungen. *(pause, gießt beiden Wein ein)* Verheiratet ihr beiden? Nur wenn ich fragen darf.

MEDIANA: *(lacht)* Oh, danke! Ähm … na ja, wir wissen noch nicht, ob es überhaupt *mit uns beiden* sein soll.

ZHAZH: *(trocken)* Ich weiß nicht mal, ob es überhaupt *sein* soll.

NATAN: *(grinst, schüttelt den Kopf)* ich weiß nur eine Sache, … eine Geliebte ist eine Flasche Wein, aber eine Ehefrau ist eine Weinflasche.

ZHAZH: *(lacht laut)* Nicht schlecht!

MEDIANA: *(schmollend)* Und ein Ehemann? Der ist eine vergammelte Rosine.

Alle drei lachen laut.

NATAN: Na, damit hätten wir das Thema doch geklärt. Es soll wohl einfach nicht sein.

MEDIANA: Wieso denn?

ZHAZH: *(mit einem schelmischen Grinsen)* Da der Herr das Ende durch die Ehe noch nicht erlangt hat. *(lacht)*

MEDIANA: *(schaut ZHAZH fragend an)* Was meinst du denn?

ZHAZH: Na, dass der Herr... (*NATAN korrigeirt ihn: NATAN..)* Achso, dass NATAN derzeit lieber Wein trinkt.

Alle lachen.

ZHAZH: ZHAZH... Freut mich.

MEDIANA: *(nickt ihm zu)* MEDIANA.

NATAN: MEDIANA! Ein schöner Name. *(leicht verlegen)* Ich hoffe, ich hab nichts Falsches gesagt. Ein bisschen Spaß muss doch sein, oder? Genießt den Abend, und wenn ihr noch etwas braucht, lasst es mich wissen.

> *NATAN verlässt die Szene. Das Café-Licht erlischt, und das kalte Licht erhellt DIE SCHRIFT-STELLERIN am Fensterrahmen. Sie raucht eine Zigarette und pustet den Rauch hinaus, als wolle sie das Café dahinter erreichen. Leise*

16

*Klaviermusik klingt im Hinter-
grund.*

*DIE SCHRIFTSTELLERIN drückt die
Zigarette aus, die Musik ver-
stummt. Sie setzt sich an den
Schreibtisch und beginnt zu tippen,
als spiele sie ein Klavier.*

*Das Café-Licht geht an, das kalte
Licht erlischt. ZHAZH is in
Gedanken verloen.*

MEDIANA: *(isst Weintrauben und Käse, leise, fast
verführerisch)* Woran hängt dein Herz gerade?

ZHAZH: *(zögert, dann mit einem leichten Lächeln)* An
Kreise.

MEDIANA: Kreise? *(sie lacht)* „An dir" wäre auch eine
Antwort gewesen.

ZHAZH: Nicht wenn du die Wahrheit willst.

MEDIANA: Bitter. Was meinst du aber mit Kreisen?

ZHAZH: *(winkt ab)* Ach, nichts. Lassen wir es. Du würdest
es nicht wissen wollen.

MEDIANA: *(sarkastisch)* Jetzt mach's nicht so spannend.
Versuch's doch. Es klingt zumindest interessant.

ZHAZH: *(zögert, wird kurz nachdenklich)* In meinem
Wohnkomplex...

MEDIANA: *(unterbricht ihn überrascht)* Wohnkomlex? Du
wohnst doch gar nicht in einem.

ZHAZH: ...ist für das neue Drehbuch.

MEDIANA: Achso, wie heißt das?

ZHAZH: Ich habe mich noch nicht entschieden.

MEDIANA: „*noch nicht entschieden*" ist auch ein cooler Titel.

ZHAZH: *(überlegt)* „pas encore décidé"...naja, jedenfalls, in diesem Wohnkomplex gibt es eine alte Frau. Jeden Abend telefoniert sie, immer mit derselben Person, nehme ich an. Es beginnt ruhig, fast friedlich. Das Telefon klingelt, sie hebt ab, und die ersten Minuten ... sind harmlos. Vielleicht sogar nett. Aber dann , plötzlich, explodiert sie. Schreie, Vorwürfe, Wut. Und am Ende jedes Gesprächs sagt sie immer dasselbe: „Am Ende eines Tages töte ich entweder mich selbst, oder dich."

> *Während ZHAZH spricht, bleibt MEDIANA still. Sie lächelt leicht, nickt hin und wieder, als würde sie zuhören, sagt aber kein Wort.*

MEDIANA: *(schließlich)* Und was hat das mit Kreisen zu tun?

ZHAZH: Ist es nicht immer derselbe Kreis, den sie dreht? Jeden Abend dasselbe. Wird sie nie müde?

> *Er macht eine Pause, schaut in die Ferne.*

ZHAZH: Genauso ist der Kreis selbst... Alles andere hat eine Stütze...die geometrische Formen meine ich. Aber der Kreis? Er rollt und rollt.

MEDIANA schaut ihn fragend an.

ZHAZH: Kein Unsinn, glaub mir.

MEDIANA: Ich weiß, kenne dich mittlerweile gut.

> *Sie bleibt stumm, das Schweigen dehnt sich aus.*

ZHAZH: Und?

MEDIANA: Und?

ZHAZH: Ja, und. Was meinst du dazu?

MEDIANA: *(nach einer Pause)* Weißt du noch, was du mir auf meiner Vernissage gesagt hast?

ZHAZH: *(sarkastisch)* Ich weiß nur, wie ich mir wünschte, sie hätte nie stattgefunden.

MEDIANA: *(lachend)* Was? Du hättest doch einfach nicht hingehen müssen.

ZHAZH: *(zieht die Augenbrauen hoch)* Vielleicht. Ich weiß nicht mal mehr genau, was ich dir damals alles gesagt habe. Es war wahrscheinlich zu viel. *(lacht leise)*

MEDIANA: Arsch. *(lacht ebenfalls)* Du standest da, ganz allein, wie ein Denker vor meinem „kleinen Meisterwerk". Und dann habe ich dich höflichst gefragt, „was daran für den Herrn so interessant sei", weißt du noch, was du geantwortet hast?

ZHAZH: *(nickt, zögernd)* Vielleicht. Aber sag's mir.

MEDIANA: *(immitiert ZHAZH)* „Man *ist*, solange man aus dem Gleichgewicht ist. Im Gleichgewicht ist man tatsächlich *nicht*."

ZHAZH: *(theatralisch)*...und der Tod ist das ewige Gleichgewicht.

MEDIANA: *(schneidet ihm scharf das Wort ab)* Shut up! Hör auf.

ZHAZH: Was denn?

MEDIANA: Du weißt, dass ich das nicht hören will. Fang nicht wieder damit an.

ZHAZH: *(spielt unschulding)* womit genau?

MEDIANA: *(sichtlich genervt)* Ich weiß, Tod fasziniert dich. Du verehrst ihn, du willst den Endpunkt selbst setzen, Bla-Bla.

ZHAZH: *(grinst schief)* Absurderweise fällt es schwer, ihn zu setzen, obwohl er sich oft anbietet.

MEDIANA: *(widerspricht, mit einem ernsten Ton)* Warum? Es passiert doch von allein.

ZHAZH: *(blickt sie an, fast mitleidig)* Weil man an den Punkt kommt, an dem man sich nicht mehr überwinden kann. Ab da sollte man erkennen, dass das Sein nicht nur Schmerz ist, es kann verfaulen. Verrotten. Da ist das Nicht-Sein die andere Hälfte des Seins. Genauso wertvoll, genauso schön.

> *MEDIANA sieht ihn schräg an, schmollt, bleibt jedoch stumm. Die Spannung zwischen ihnen dehnt sich aus.*

ZHAZH: *(mit einem leichten Seufzen, versucht die Atmosphäre zu entspannen)* Schon gut. Kein Wort mehr dazu. Aber wie hängen Kreis und Gleichgewicht für dich zusammen?

MEDIANA: *(senkt den Blick, leise)* Manchmal wünschte ich mir auch, die Vernissage hätte nie stattgefunden.

ZHAZH: Du hättest ja auch nicht hingehen müssen. *(lacht)*

MEDIANA: *(schaut ihn ungläubig an)* Nicht zu meiner eigenen Vernissage?

> *ANZOR beginnt, eine merkwürdige Melodie zu spielen.*

ZHAZH: *(unterbricht sie, hebt eine Hand)* Ach, hör zu. Dieses Stück ... herrlich, melancholisch.

> *Das Licht konzentriert sich auf ANZOR, und der Klang seiner Musik füllt den Raum. Kurz darauf erstarren alle Figuren wie Statuen.*

> *Das kalte Licht geht an. Jetzt leuchtet die Bühne auf beiden Seiten. DIE SCHRIFTSTELLERIN läuft nach vorne, zum Café-Block.*

> *Dann bleibt sie kurz stehen, mustert die eingefrorene Szene und läuft zum Tisch, hebt die beiden Weingläser, trinkt sie nacheinander aus, setzt die Gläser laut auf den Tisch zurück.*

Gerade, als sie die Szene verlassen will, hält sie inne, als habe sie etwas bemerkt. Sie kehrt zurück zu MEDIANA, öffnet einen Knopf an ihrer Bluse, dann einen zweiten, sodass ihre Brüste leicht sicht-bar werden. Sie schmunzelt zufrieden. Dann wendet sie sich ZHAZH zu. Sie nimmt eines seiner übereinander geschlagenen Beine und stellt ihn breitbeinig hin. Ihr Blick wandert lustvoll zwischen seine Beine. Sie lächelt, dreht sich um, isst paar Weintrauben und Käse und verlässt lachend die Szene, in ihre Ecke und das Licht geht aus.

Die Hintergrundgeräusche der Gäste sind nicht mehr zu hören.

NATAN betritt die Bühne.

NATAN: Alles in Ordnung? Hat der Wein geschmeckt?

MEDIANA: Oh, er ist … ähm war so samtig, dass ich nicht mal gemerkt habe, wann ich den ausgetrunken habe.

Aus dem Dunkel ertönt das laute Lachen der SCHRIFTSTELLERIN. ZHAZH blickt argwöhnisch auf sein Weinglas, hebt es an und prüft es skeptisch.

ZHAZH: Ja, genau, so gut dass ich kaum den Geschmack gemerkt habe, aber mich schon beschwipst fühle.

NATAN: Gute Dinge bemerkt man nicht, man fühlt sie. Ein guter Wein berauscht, ein schlechter verursacht Kopfschmerzen. In beiden Fällen ist es aber schwer, bei nur einem Glas zu bleiben.

Zahzh: *(lacht)* Ziemlich raffiniert, uns so zum nächsten Glas zu überreden.

NATAN: Wenn mein philosophischer Ansatz dazu beiträgt, nehme ich das gerne in Kauf.

MEDIANA: Ein zweites Glas würde ich nicht ablehnen. Und du, ZHAZH?

> *ZHAZH nickt zustimmend, und NATAN verlässt die Szene. MEDIANA sieht ZHAZH dabei mit einem schelmischen Lächeln an. Sie lehnt sich leicht vor, ihre Stimme neckisch.*

MEDIANA: Findest du nicht, dass NATAN irgendwie ...sexy wirkt? So professionell und entspannt.

ZHAZH: *(blickt überrascht auf)* Sexy? Hast du schon zu viel Wein gehabt, oder willst du mich nur provozieren?

MEDIANA: *(grinsend)* Ach komm. Er serviert guten Wein, hat ein süßes Lächeln und sieht organisiert aus.

ZHAZH: *(trocken)* Organisiert. Ein unterschätzter Aspekt von Romantik.

MEDIANA: Du bist das Gegenteil von organisiert und trotzdem sitze ich hier.

ZHAZH: *(neigt den Kopf, halb amüsiert)* Du magst eben Herausforderungen.

MEDIANA: Erinnere mich bitte nicht an meinen Masochismus. *(mit einer leichten Pause, ernster)* ZHAZH, ich wollte dich etwas fragen. Aber ich bin mir nicht sicher, ob ich die Antwort hören will.

ZHAZH: *(lehnt sich zurück)* Versuch es.

MEDIANA: Was bin ich für dich?

ZHAZH: *(leicht überrascht)* Warum fragst du das jetzt?

MEDIANA: Nicht, dass ich jemand sein muss, aber ich könnte es, oder?

ZHAZH: *(schnaubt leise)* Ach, das ist wegen NATAN, oder?

MEDIANA: Nein Schlaumeier. Weil *ich* das wissen will.

ZHAZH: *(blickt sie an, seine Stimme wird leise)* Dieses Leid … es sitzt tief. Wenn jemand fehlt, der einst da war … es brennt sich ein. Irgendwann wünscht man sich, niemand bleibt. Niemand kommt. Es ist einfacher so.

MEDIANA: *(leise)* Vielleicht. Aber das klingt so leer.

ZHAZH: Leer ist besser als zerbrochen.

MEDIANA: Du hast Recht.

ZHAZH: Danke, aber deine Bestätigung ändert die Realität nicht.

MEDIANA: Sei nicht so bitter, verdammt. Ich bin auch nur ein Mensch.

ZHAZH: Dich traurig zu machen, ist das Letzte, was ich will.

MEDIANA: *(schüttelt den Kopf)* Das sagst du nur.

ZHAZH: *(hebt eine Augenbraue)* Nur?

MEDIANA: Es ist wie Blindheit. Wenn sie nicht angeboren ist, kann sie kommen. Zwei Optionen, klarkommen oder das Ende vorziehen. Aber das ist keine Ausrede, bitter zu sein.

ZHAZH: Du bist mutiger als ich.

MEDIANA: Mut hat nichts damit zu tun.

ZHAZH: *(schaut sie an)* Doch. Klarkommen und Akzeptieren, das braucht Zeit und Mut. und irgendwann muss man sich entscheiden.

MEDIANA: Und? Hast du dich entschieden?

ZHAZH: *(kühl)* Nein. Ich hasse Entscheidungen.

MEDIANA: *(seufzt)* Wartest du dann?

ZHAZH: Ich hasse Warten noch mehr.

MEDIANA: *(sieht ihn an, ihre Stimme wird weich)* Dann sei, solange du bist. Und wenn du nicht mehr sein willst, dann geh. Aber lass die anderen klarkommen. Das Leben ist mehr als nur dein Selbst, ZHAZH.

ZHAZH: *(lächelt bitter)* Leider habe ich es mir genauso vorgestellt.

MEDIANA: Das ist genau mein Problem mit dir.

ZHAZH: *(neugierig)* Dein Problem?

MEDIANA: Ich kenne dich kaum. Aber das erste Treffen hat gereicht. Ich kenne dich, wie ich mich selbst kenne. Fast gar nicht.

ZHAZH: *(neigt den Kopf)* Und?

MEDIANA: Mit dir vergeht die Zeit nicht. Sie existiert nicht. Du malst alles grau, aber du füllst mich aus. Du gibst mir mehr.

ZHAZH: *(schweigt, beobachtet sie)*

MEDIANA: Es geht nicht darum, dich zu besitzen. Es geht darum, dass du da bist. Aber jedes Mal, wenn du vom Tod redest ... bekomme ich Angst. Große Angst. Und dann will ich noch mehr von dir. Verstehst du das?

ZHAZH: *(atmet tief ein)* Du suchst nach Angst.

MEDIANA: *(blinzelt verwirrt)* Was?

ZHAZH: Du strebst nach Angst. Sie definiert dich. Nur so werden deine Illusionen erfüllt.

> *MEDIANA blickt ihn an. Ihre Lippen öffnen sich leicht, als wolle sie etwas sagen, doch kein Wort kommt heraus. Sie ist traurig.*

ZHAZH: *(nimmt sanft ihre Hand)* Wie oft soll ich das noch sagen? Es ist nicht eine Dauer, keine kontinuierliche Fortsetzung. (*beugt sich zu MEDIANA, guckt ihr in die Augen)* Lass uns jeden Abend sterben, wenn wir schlafen gehen. Am nächsten Tag auferstehen und vergessen, was war, was passierte und gegen alles sein, was das nicht ermöglicht.

> *Er zieht sie ganz leicht zu sich und nähert sich ihr immer mehr bis ihre Gesichter nur noch einen Hauch voneinander entfernt sind.*

MEDIANA: *(nach einer Pause, ihre Stimme wird sanfter)* Und heute Abend? Bevor wir sterben?

ZHAZH: *(lächelt leicht) Pas encore décidé.* Sag du.

MEDIANA: *(ihre Augen leuchten, sie lächelt)* Ein Spaziergang an der Elbe. Und dann der Schaukelstuhl in meinem Wohnzimmer. Du liegst nackt darauf, während ich dich male. Und du quatschst mich voll. *(lächelt)*

> *Sie verweilen so, unbewegt, während* ANZORs *Musik die Luft erfüllt.*
>
> *Als das Klavierstück endet, löst sich die Spannung zwischen ihnen.* ZHAZH *lehnt sich zurück, schaut kurz zu* ANZOR *und beginnt zu klatschen.*

ZHAZH: Sie spielen aber wirklich gefühlvoll. Vielen Dank, das war wunderschön.

> ANZOR *dreht seinen Kopf zu* ZHAZH, *als ob er ihn zum ersten Mal gesehen hat. Er benimmt sich gefühllos.*

ANZOR: *(kühl)* Danke, mein Herr.

> ANZOR *wendet sich* MEDIANA *zu. Ihr unerwartetes Augenzwinkern lässt ihn kurz innehalten. Sein Blick bleibt für einen Moment auf ihr haften, doch er nickt nur, ohne ein weiteres Wort zu sagen, und dreht sich wieder zum Klavier.*

27

MEDIANA: Kann ich mir ein Lied wünschen? Bevor wir gehen?...

Das Licht geht im Café aus.

Akt II

Es leuchtet wieder über der SCHRIFTSTELLERIN, sie tippt einen Satz zu Ende, dann steht sie auf, wandert denkend im Zimmer rum, gießt sich eine Tasse Kaffee ein. Wandert weiter mit der Tasse im Zimmer rum und denkt nach.

Plötzlich fällt ihr etwas ein. Sie zieht ihre Socken aus, versucht mit ihren Socken ihre eigenen Füßen zuzubinden. Sie schafft es, aber hat anscheinend etwas vergessen. Sie zieht sich mit den zugebundenen Füßen zum Schreibtisch, nimmt aus der Schublade ein Klebeband raus, reißt ein Stück ab und klebt damit ihren Mund zu. Dann zieht sie sich ihr Oberteil aus und versucht damit ihre eigenen Hände zuzubinden, schafft es aber nicht. Sie zieht den Klebestreifen vom Mund ab, schreit dabei vor Schmerz, und versucht dann wieder mittels ihrer Zähne und Oberteil ihre Hände zuzubekommen. Sie schafft es wieder nicht. Sie löst den Knoten an ihren Füßen und versucht nun mittels Zähnen und Füßen, die Hände zu fesseln. Dieses Mal schafft sie es, aber schaut danach ganz enttäuscht ihre Füße an. Sie versucht mit gebundenen Händen und Zähnen, ihre Füße zu fesseln. Ein erfolgloser Versuch. Schwer Atmend und mit Schwierigkeiten nähert sie sich dem Schreibtisch, setzt sich hin und fängt mit gebundenen Händen und nur mit einem Finger an Buchstabe für Buchstabe der Reihe nach und sehr langsam einzutippen.

Das kalte Licht geht aus. Im Dunkeln hört man, wie sie nur alle paar Sekunden einen Buchstaben eintippt. Kurz danach hört man von der Mitte der Bühne aus im selben Rhythmus der Schreibmaschine ein Stampfen.

Ein gedämpftes Licht erhellt die Mitte der Bühne. Mittig in der Tiefe der Bühne sind MEDIANA und ZHAZH an eine Säule in einem Keller gebunden. Rücken an Rücken, zwischen ihnen die Säule. Ihre Hände und Füße sind gefesselt, ihre Münder zugebunden. Sie bewegen sich nicht, sie sind

bewusstlos. Ein FREMDER MANN
stampft in einem langen schwarz-
en Mantel und einer Maske um sie
herum. Der Mann hat ein Hack-
messer in der Hand.

Er bleibt vor MEDIANA stehen,
kniet sich langsam hin. Er neigt den
Kopf, riecht an ihren Haaren und
atmet tief ein. Dann hebt er das
Hackmesser und legt die breite
Seite sanft auf ihr Gesicht. Eine
Pause. Plötzlich nimmt er das
Messer weg, küsst die Stelle, wo es
gelegen hat. MEDIANA zuckt leicht
im Schlaf, wacht auf. Ihr Blick ist
voller Schrecken. Sie versucht zu
schreien, aber ihr Mund ist zu.
ZHAZH ist immer noch bewusstlos.

FREMDER MANN : Psst...bemühe dich nicht , lass los. Alles
wird gut. Alles *ist* gut.

MEDIANA beginnt zu weinen, zittert
unkontrolliert. Der Mann erhebt
sich, stampft weiter um sie herum.
Ihre Augen folgen ihm, panisch.

FREMDER MANN: Ein bereits bekanntes Gefühl, nicht
wahr? Du gibst alles. Schreist. Und sie sind nah ... aber
hören dich nicht.

Er greift nach ihrem kleinsten
Finger und spielt gedanken-
verloren damit, wie ein Kind mit
einem Spielzeug.

31

FREMDER MANN: *(mit einem sarkastischen Lächeln)* Du Arme. Immer wieder das gleiche Loch. Immer wieder fallen.

> *Er greift ihr in den Nacken und drückt leicht mit den Daumen zu, gerade genug, dass sie das Gewicht seiner Kraft spürt. Dann lässt er los. Langsam leckt er über ihren Nacken, bis zu ihrem Ohr.*

FREMDER MANN: *(flüstert)* Lass los. Keine Angst. Ich habe dich. Ich bin hinter dir, ob du es willst oder nicht.

> *Er lacht ziemlich laut, reißt sich aber sofort zusammen. Er möchte ZHAZH noch nicht aufwecken.*

FREMDER MANN: Manchmal ... muss man die Dinge selbst in die Hand nehmen. Sofort. Ohne zu zögern, oder?

> *MEDIANA fühlt sich machtlos, hat Angst, weint aber nicht mehr. Sie ist nur stumm und versucht nicht zu zittern. Sie versucht etwas zu sagen. Man hört sie aber nicht.*

FREMDER MANN: Ja? Was denn? Willst du noch etwas sagen? Hast du noch nicht genug von deiner eigenen Stimme? *(neigt den Kopf)* Hast du den Falschen nicht genug gesagt? Hm?

> *MEDIANA ist sich nicht sicher, ob sie die Frage beantworten muss.*

FREMDER MANN: Ich jedenfalls nicht. Ich könnte deine Stimme mein ganzes Leben lang genießen. Aber ... *(lehnt sich näher)* Weißt du, was lustig ist? Wenn sie stranguliert werden, die meisten pissen sich in die Hose. Aber am Ende hängt bei allen die Zunge raus, immer... Redundanz wird offensichtlich.

> *MEDIANA dreht rasch ihren Kopf*
> *zur Seite.*

FREMDER MANN: Keine Angst. Ich werde dich nicht töten,... wahrscheinlich,... nicht zuerst... Du sollst noch bleiben, aber stumm.

> *Er packt ihr Kinn, zwingt sie, ihn*
> *anzusehen, seine Stimme wird*
> *eiskalt.*

FREMDER MANN: Ein Ton von dir , nur ein einziger, und deine Zunge hängt genauso raus. Kapiert?

> *MEDIANA ist schockiert. Sie ist sich*
> *nicht sicher, ob er wirklich einen*
> *Deal mit ihr macht. Sie stimmt*
> *zitternd und machtlos zu. Er reißt*
> *das Klebeband von ihrem Mund ab.*
> *MEDIANA schreit kurz vor Schmerz*
> *auf, aber sie verschluckt den Rest*
> *des Schreis sofort und wird abrupt*
> *still.*

FREMDER MANN: *(flüstert)* Psst ... Ruhe. Ganz ruhig. *(streichelt ihren Kopf mit einer grotesken Zärtlichkeit)* Du willst ihn doch nicht aufwecken, oder? Das wollen wir beide nicht. Bleib still.

> *MEDIANA ist verwirrt. Sie weiß*
> *nicht von wem DER FREMDE MANN*
> *spricht. Wo ist ZHAZH? Sie*

33

*versucht, sich zu erinnern: das
Café, der Spaziergang an der Elbe,
ihre Hand in seiner ... und dann
nichts.*

*DER FREMDE MANN greift in seinen
Mantel, zieht ein kleines Notizbuch
und einen Stift hervor. Er hält sie
MEDIANA vor die Nase.*

FREMDER MANN: Wir spielen ein Spiel, ... „Dein Mund,
mein Wort". Du sagst, was ich dir sage. Nichts mehr, nichts
weniger. Vielleicht hast du so eine Chance, nicht zu
fliegen... Vielleicht.

*MEDIANA öffnet den Mund, will
etwas sagen, aber er hebt sofort
eine Hand und unterbricht sie.*

FREMDER MANN: Nein, nö. Psst. *(drückt einen Finger an
ihre Lippen)* Ruhig. Ok?

*MEDIANA bleibt stumm. Ihr Kopf
bewegt sich zögerlich nach oben
und unten, ein stummes Ja.*

FREMDER MANN: *(lächelt kalt)* So ist es besser. Sehr gut.
Vergiss bloß nicht, was du gerade versprochen hast.

*Er läuft zu ZHAZH, reißt das
Klebeband von seinem Mund und
kehrt zu MEDIANA zurück. ZHAZH
schreit laut auf, der Schmerz weckt
ihn. Panisch blickt er umher, sieht
aber niemanden. Seine Atmung
wird hektisch.*

ZHAZH: Was zur Hölle?.... Was ist los?

Er versucht, sich zu befreien, zerrt an seinen Fesseln, doch es gelingt ihm nicht. Sein Schreien wird lauter und verzweifelter.

ZHAZH: Ist jemand da?..Hilfe.

MEDIANA zuckt zusammen, erschrickt und verwirrt beim Klang ZHAZHs Stimme. Sie öffnet den Mund, will etwas sagen, doch DER FREMDE MANN hebt die Hand, und schüttelt leicht den Kopf. Er greift in seinen Mantel, holt eine Kugel hervor, lässt sie nach vorn zu ZHAZH rollen und beginnt, eine bizzare aber irgendwie bekannte Melodie zu pfeifen.

ZHAZH: Wer ist da? komm schon! Zeig dich! Sag mir, was du willst, und ich helfe dir sogar!

DER FREMDE MANN zieht das Notizbuch hervor und beginnt zu schreiben. ZHAZH hört das Kratzen des Stifts.

ZHAZH: *(zornig)* Ich höre dich. Was schreibst du da?

DER FREMDE MANN schreibt weiter.

ZHAZH: Ich habe keine Angst vor dir! Ich habe nicht mal Angst vor dem Tod. Aber nicht heute und nicht hier. *(lacht ironisch)*

35

*DER FREMDE MANN zeigt MEDIANA
das Notizbuch und hebt gleichzeitig
das Hackmesser, eine stumme
Drohung.*

MEDIANA: *(liest mit zitterender Stimme vom Notizbuch
vor)* Was weißt du noch von ihm? Erzähle es mir.

ZHAZH: *(erkennt die Stimme, überrascht)* MEDIANA? Bist
du das? Was zur Hölle? du hast mich erschreckt!

MEDIANA: Was weißt du noch von ihm? Erzähle es mir.

ZHAZH: *(verspielt)* Haha, cooles Spielchen. Ich dachte wir
gehen zu dir. *(lacht)* Wie hast du das geschafft? Ich habe
gar nichts bemerkt. Ach, war das der Wein? Du kleine
Verbrecherin!

> *DER FREMDE MANN zwingt
> MEDIANA zu wiederholen.*

MEDIANA: *(mit zitternder Stimme)* Was weißt du noch
von ihm? Erzähle es mir.

ZHAZH: Was ist los mit dir? Warum zittert deine Stimme?
(spöttisch) Keine Angt, das ist dein eigenes Spiel, du wirst
wahrscheinlich nicht verlieren.

MEDIANA: *(drängt)* Sag mir bloß, was du noch von ihm
weißt.

ZHAZH: *(unseriös)* Von wem? warum zeigst du dich nicht?

> *DER FREMDE MANN schwingt
> plötzlich das Hackmesser mit der
> flachen Seite und schlägt ZHAZH
> auf den Arm. ZHAZH schreit vor
> Schmerz.*

36

ZHAZH: *(schmerzerfüllt)* Autsch! Verdammt! Hör auf mit diesem Scheiß. Warum tust du das? Von wem soll ich dir erzählen?

> *FREMDER MANN schreibt etwas in Notizbuch und zeigt MEDIANA.*

MEDIANA: So ein kurzes Gedächtnis. Von dem Komponisten.

> *ZHAZH heult vor Schmerz.*

MEDIANA: ZHAZH, bitte sag es mir!

ZHAZH: *(wimmert, verwirrt)* Ich verstehe dich nicht! Welcher Komponist? Das ist irre!

> *FREMDER MANN schreibt erneut in sein Notizbuch.*

MEDIANA: *(liest vom Notizbuch vor)* Letzte Chance. Was weißt du noch von ihm?

ZHAZH: Warum willst du das wissen? Der Typ ist schon hundert Jahre tot.

> *ZHAZH ist verwirrt. Er kann nicht die Lage fassen.*

ZHAZH: *(anzweifelnd)* Es geht nicht um einen verdammten Komponisten. Das kann nicht sein. geht es um uns?

> *FREMDER MANN schreibt in sein Notizbuch, zeigt es MEDIANA. Sie will die Notiz nicht lesen, schüttelt den Kopf, doch er hebt das Hackmesser. Widerwillig liest sie.*

MEDIANA: *(weinend, leise)* Wie lustig wäre es, wenn ich deinen Wunsch hier und jetzt erfülle?

ZHAZH: *(verzweifelt)* Was redest du da, MEDIANA? Welcher Wunsch? Bitte, lass mich los! Hör damit auf!

> *FREMDER MANN schreibt weiter. Das Kratzen des Stifts wird schneller, energischer. MEDIANA blickt ihn an, voller Angst und Zorn.*

ZHAZH: Warum sagst du nichts? Was schreibst du? Ich bitte dich...

> *FREMDER MANN zeigt MEDIANA mit dem Zeigefinger, dass sie stumm bleiben soll. Sie will aber nicht, sie ist aufgebracht. Ihr fällt plötzlich die Frage von dem fremden Mann ein. Wer is er? Woher weiß er von ihren Gesprächen im Café?*

MEDIANA: *(schreit den Fremden Mann an)* Wer bist du? Wer zum Teufel bist du?

> *Sie weint. DER FREMDE MANN attackiert sie, hält ihr brutal den Mund zu.*

ZHAZH: Wer bin ich? Du steckst mich in diese Scheiße und willst jetzt wissen, wer ich bin?

> *MEDIANA beißt DEN FREMDEN MANN in die Hand. Er zuckt zurück.*

MEDIANA: *(schreit zu ZHAZH)* Glaub mir nicht! Glaub nichts, was ich sage!

> *FREMDER MANN greift in MEDIANAs Nacken und drückt fest zu. Sie wird rot und stumm.*

ZHAZH: *(lacht sarkastisch)* „Glaub mir nicht?", Du bist eine Psycho. ich habe dir niemals geglaubt. Ich hätte nie gedacht, dass du so tief sinkst. Aber das hier? Das ist Wahnsinn.

> *Sein Blick wird hart, seine Stimme bitter.*

ZHAZH: Ist das sie? Ist das deine Liebe?

> *MEDIANAs Tränen tropfen auf die Hand des Fremden Mannes. Er lässt ihren Hals los.*

ZHAZH: *(schreit flehend)* Befreie mich! Hör sofort mit diesem Scheiß auf! Du bist ein Witz.

> *MEDIANA heult leise.*

> *Plötzlich wird das Notizbuch mit brutaler Wucht gegen den Boden geworfen, so nah, dass der Aufprall ZHAZH zusammenzucken lässt. Er dreht hektisch den Kopf, aber er sieht nichts. Er wirkt zunehmend panisch.*

> *Ein langsames, unheilvolles Geräusch folgt, wie das Schleifen*

von Metall über Stein. ZHAZH hält die Luft an, als würde er die Bedrohung spüren, ohne sie zu sehen.

ZHAZH: *(fast flüsternd)* Was machst du da? Was … was ist das?

Ein dumpfer Schlag trifft plötzlich seinen Arm. Er schreit vor Schmerz. FREMDER MANN schlägt er erneut zu, diesmal heftiger. Er schriet lauter. Noch ein Schlag. Und noch einer, und noch einer.

ZHAZH: Hör auf! Hör verdammt noch mal auf! Du bringst mich noch um!

Und dann eine lange Pause … ZHAZHs Schreie werden leiser. Er beginnt zu wimmern.

ZHAZH: *(heulend, verzweifelt)* MEDIANA … bitte.

MEDIANA hebt den Kopf, ihre Augen leer.

ZHAZH: Lass uns neu anfangen. Wir könnten es schaffen, weißt du? Ganz von vorne, einfach … anders. Vielleicht gibt es noch eine Chance, ja? *(stammelt)* Ich meine … Liebe … sie passiert. Sie kann passieren.

MEDIANA sieht den Fremden Mann an, dann beginnt sie hysterisch zu lachen.

MEDIANA: *(lachend, dann ernst)* du wusstest schon was für ein Arschloch er ist oder?

> ZHAZH hebt den Kopf. MEDIANAs Lachen lässt ihn glauben, dass die Situation sich entspannt hat.

ZHAZH: *(unsicher)* Wer? Der Komponist?

MEDIANA: *(zu ZHAZH, schreiend)* Halt deine verdammte Klappe!

ZHAZH: *(spöttisch, trotz der Situation)* Was soll ich denn jetzt machen? Klappe halten oder deine Frage beantworten?

MEDIANA: *(zornig)* Ich kann es nicht glauben. Nicht mal so eine Situation bringt dich von deinem Thron runter. Du bist immer der König, oder?

ZHAZH: *(bleibt ruhig, seine Stimme ist kühl)* Heh, verurteile mich, wie du willst. Mit deinen Worten änderst du die Realität nicht.

MEDIANA: *(schneidend)* Realität? Für dich ist doch alles eine verdammte Metapher. Nichts ist echt, nichts zählt.

ZHAZH: Warum macht es dich so wütend, dass ich mich nicht verbiege?

MEDIANA: Weil du es einfach nicht verstehst! Du spielst den Denker, den Philosophen. Aber du hast keine Ahnung, wie es ist, wirklich zu fühlen! Du bist ein Feigling, ZHAZH.

ZHAZH: Und was genau soll ich fühlen, MEDIANA? Dein ewiges Drama?

MEDIANA: *(wütend, ihre Stimme wird lauter)* Du nennst das Drama? Bereit zu sein, alles zu opfern, weil man verdammt noch mal an jemanden glaubt? An dich?!

ZHAZH: *(leise, fast verächtlich)* Sich an Illusionen festzuklammern ist Schwäche, nichts weiter.

MEDIANA: Du weißt nicht, was Schwäche ist. Schwäche ist, jemandem zu vertrauen, der dich immer wieder im Stich lässt ... und es trotzdem wieder zu tun.

ZHAZH: Das tut mir leid für dich.

MEDIANA: *(lacht trocken, ihre Stimme bricht fast)* Das war's? Das ist alles, was du dazu zu sagen hast?

ZHAZH: Was willst du hören? Dass ich mich ändere? Ich bin, wer ich bin, MEDIANA. Aber jetzt reicht's. Komm her, befreie mich. Ich verliere die Geduld.

MEDIANA: *(neigt ihren Kopf leicht zur Seite, ihre Stimme wird fast verspielt)* Ah, ZHAZH. Mein lieber ZHAZH. Du hast wirklich eine große Klappe. Du glaubst, dass du immer das letzte Wort hast, das Ende bestimmen kannst. Du siehst alles, sagst alles voraus. Aber selbst du hättest nicht geahnt, was hier passiert.

> *Ihre Stimme wird plötzlich fest, fast eiskalt.*

MEDIANA: Aber weißt du, was lustig ist? *(eine Pause)* Wenn sie stranguliert werden, die meisten pissen sich in die Hose. Aber am Ende, bei jedem, hängt die Zunge raus. Immer... Redundanz wird so ... offensichtlich.

DER FREMDE MANNs Blick haftet an MEDIANA. Er scheint für einen Moment aus dem Konzept gebracht.

ZHAZH: *(lacht trocken)* Bedrohst du mich jetzt? Eine Serienmörderin! Wer hätte das gedacht? Es wird ja immer besser. Also, MEDIANA, was hast du sonst noch auf Lager?

MEDIANA: *(zu dem fremden Mann)* Warum stehst du da und schaust nur mich an?

ZHAZH: Tja, hattest du nicht mal den Mut, das alleine durchzuziehen? Ist er dein nächstes Opfer? Oder deine nächste große Liebe?

MEDIANA: *(schreiend)* Halt deine Klappe!

DER FREMDE MANN springt plötzlich auf ZHAZH zu. Er legt einen Arm v-förmig um seinen Hals und drückt mit der anderen Hand seinen Kopf nach unten. ZHAZH zappelt, kämpft, schreit, doch seine Stimme bricht ab. Er wird immer schwächer.

FREMDER MANN: *(flüsternd, zu ZHAZH)* Willkommen in der Ewigkeit. Genieße dein Nichtsein.

ZHAZH erschlafft schließlich in seinen Armen. Ein feuchter Fleck breitet sich auf dem Boden aus, als ZHAZHs Körper regungslos wird. Der Urin fließt langsam die Bühne hinunter.

Die Maske des FREMDEN MANNES *fällt in dem Kampf zu Boden. Schwer atmend wendet er sich zu* MEDIANA, *sinkt neben ihr auf den Boden und schaut sie an.*

MEDIANA: *(leise, ungläubig)* Ich kenne dich.

DER FREMDE MANN kriecht näher, legt seinen Kopf in ihre Arme. MEDIANA streicht über seinen Kopf, ihre Hand zittert. Schließlich beugt sie sich vor und küsst seinen Lippen.

Das gedämpfte Licht geht aus.

Akt III

Es leuchtet wieder über der SCHRIFTSTELLERIN. Sie sitzt am Schreibtisch und hat ihre Beine auf dem Tisch, gespreizt. Ihre Hand ist zwischen den Beinen, sie ist nassgeschwitzt und atmet sehr schnell ein und aus.

Nach einer Minute, reißt sie sich zusammen, steht auf, trocknet sich ab, richtet ihre Klamotten, zieht ihren Oberteil wieder an. Sie riecht an ihrer Achselgrube. Sie stinkt.

DIE SCHRIFTSTELLERIN geht zum Schreibtisch, zieht einen kleinen Spiegel aus der Schublade und stellt ihn vor sich hin. Sie starrt sich selbst an, während sie mit einem Arm um ihren Hals herum greift und versucht mit dem anderen Arm, ihren Kopf nach vorne zu

45

*drücken. Ihre Zunge hängt heraus.
Für einen Moment verharrt sie so,
als suche sie in ihrem Spiegelbild
nach Antworten. Schließlich bricht
sie das Schauspiel ab, lacht leise
und schüttelt den Kopf.*

*Sie steht auf, geht zum Schall-
plattenspieler, hebt den Tonarm
und wechselt die Seite der
Schallplatte und sitzt wieder an der
Schreibmaschine und tippt.*

*Das Licht wechselt. Das Café wird
beleuchtet. Es ist tief in der Nacht.
Draußen prasselt der Regen gegen
die Scheiben. Das Café scheint
geschlossen, doch MEDIANA sitzt
noch am selben Tisch wie zuvor.
Ihre Schultern hängen, ihre Augen
sind leer. Sie wirkt bleich und
zerrüttet. NATAN sitzt neben ihr,
seine Hand liegt beruhigend auf
ihrer Schulter.*

NATAN: *(mit einem sanften Lächeln, freundlich)* Ich habe
eben abgeschlossen. Du kannst so lange bleiben, wie du
willst.

*MEDIANA schaut NATAN an, zeigt
ihm ihre Dankbarkeit.*

NATAN: Möchtest du etwas trinken?

*Er steht auf und möchte etwas zum
trinken holen. MEDIANA nimmt
seinen Arm und zieht ihn zurück.*

Sie möchte, dass er bleibt. Tränen rollen über ihr Gesicht.

NATAN: Du Arme. Man weiß nie, was noch passieren kann. Es ist noch nicht lange her. Es braucht Zeit. Erzähl mir, was dich so sehr quält.

MEDIANA hört langsam auf zu weinen, ihre Atmung beruhigt sich. Sie sammelt sich, versucht zu sprechen.

MEDIANA: *(leise, brüchige Stimme)* Ich weiß es nicht genau. Aber ich glaube, ich weine, weil ich die alte MEDIANA vermissen werde. Ich vermisse sie jetzt schon.

NATAN: *(mitfühlend, aber fragend)* Was meinst du?

MEDIANA: *(blickt zu Boden, dann zu ihm)* Die MEDIANA, die ich war, bevor das alles passiert ist.

NATAN: *(nickt)* Das ist ein Anfang.

MEDIANA: Warum?

NATAN: Weil du nicht wegen seinem Tod weinst.

MEDIANA: Ich weiß nicht ob ich noch wegen ihm weinen sollte.

NATAN: So würden wir erst am Anfang des Problems stehen.

NATAN steht auf, beginnt langsam die Tische aufzuräumen, blickt aber immer wieder zu MEDIANA, aufmerksam.

47

MEDIANA: *(leise, fast mechanisch)* Er wollte es bald mit sich selbst beenden. Jedes Mal, wenn wir uns getroffen haben, sind wir irgendwann bei diesem Thema gelandet, Stundenlang geredet, nichts erreicht, und dann das gemacht, was alle nach einem Date machen.

NATAN: *(lächelt leicht, versucht, die Schwere zu lindern)* Es gibt drei Arten von Menschen: Die einen denken nie an den Tod. Für sie ist er keine Problemstellung. Sie sterben einfach, und das war's. Dann gibt es die, die ständig daran denken, weil sie die Angst vor dem Tod nicht überwinden können. Die Mächtigsten und Klügsten unter ihnen suchen sogar nach dem ewigen Leben. Und dann gibt es die, die inneren Frieden gefunden haben, weil sie das Ende akzeptiert haben.

MEDIANA: Und was mit denen, die sich nicht zuordnen können und sich immer zwischen den drei hin- und herwandern?

NATAN: *(schulterzuckend)* Auch die trifft der Tod, oder?

MEDIANA: Allen drei passiert das.

NATAN: *(nickt, mit ruhigem Ernst)* Da hast du deine Antwort.

MEDIANA: *(blickt zur Seite, denkt laut nach)* Weißt du, was komisch ist? Ich glaube, ich bin immer noch wütend auf ihn. Ist das seltsam?

NATAN: *(legt die Hand auf die Rückenlehne ihres Stuhls)* Absurd, ja. Aber seltsam? Nicht unbedingt.

MEDIANA: *(sarkastisch, mit leiser Bitterkeit)* Es gibt nichts Absurderes als das, was mir passiert ist.

NATAN: Naja, du hast noch Zeit.

MEDIANA wischt sich die Tränen weg und schaut ihn an.

MEDIANA: Darf ich doch was trinken?

NATAN: Wein?

MEDIANA nickt zustimmend, NATAN schenkt beiden ein Glas Wein ein.

MEDIANA: *(als sie mit ihrem Weinglas spielt, leise)* Erzähl mir etwas über ihn.

NATAN: *(verwirrt)* Was soll ich *dir* über ihn erzählen? Ich habe ihn nur einmal getroffen.

MEDIANA: *(schüttelt den Kopf)* Nein, nicht über ZHAZH.

NATAN: Über wen denn sonst?

MEDIANA: *(errötet, etwas leise)* Über ANZOR.

NATAN: ANZOR? Wie kommst du jetzt auf ihn?

MEDIANA: An dem Abend hat er für uns Klavier gespielt.

NATAN: *(zieht die Augenbrauen hoch, denkt kurz nach)* Ja und seitdem nicht mehr. An jenem Tag hat er angerufen und hat gekündigt. Er meinte, dass er einen großen Auftrag bekommen habe und schnellstmöglich in den Norden umziehen müsse.

MEDIANA: Erzähl mehr.

NATAN: Was willst du genau wissen?

MEDIANA: Wie lange hat er hier gearbeitet?

NATAN: *(zögert)* Nicht lange. Nicht mal 2 ganze Monate.

MEDIANA: *(beugt sich vor, fast flehend)* Komm schon. Warte nicht auf meine Fragen.

NATAN: Warum interessierst du dich so sehr für ihn?

MEDIANA: Ich habe meine Gründe.

NATAN: Er war ein ganz normaler Klavierspieler.

MEDIANA: Eben nicht. Er war nicht normal.

NATAN: *(seufzt)* Okay. Er kam eines Nachmittags rein und fragte, ob er mit dem Chef sprechen könnte. Er sah ordentlich aus, höflich. Aber er roch eigen-artig. Angenehm, aber eigenartig.

MEDIANA: (*errötet, leise*) Ich glaube ich weiß welchen Geruch du meinst.

NATAN: Zwei Tage danach fing er an. Der Chef mochte ihn. Er hatte aber eine Eigenart. Er wollte nie zu runden Zeiten arbeiten. Sein Plan war von 18:14 Uhr bis 22:37 Uhr, mit einer exakt 13-minütigen Pause.

> *MEDIANA zeigt mit ihre Handbewegung, dass sie mehr wissen will.*

NATAN: Du verhältst dich aber echt verdächtig.

MEDIANA: *(drängt)* Bitte, bitte...

NATAN: Was willst du noch wissen?

MEDIANA: Wo kommt er her? Hat es dir jemals gesagt?

NATAN: Wir haben nie so ein privates Gespräch geführt. Er war zuverlässig und das hat gereicht. Ich meine, ich bin Kellner und er war Pianist.

MEDIANA: Und seine Musik?

NATAN: Immer dieselben drei Stücke zu Beginn und dieselben drei am Ende, nur in umgekehrter Reihenfolge. Wünsche hat er nie angenommen.

MEDIANA: *(mit Augenzwinkern)* Doch.

NATAN: Wie?

MEDIANA: Für mich.

NATAN: *(während er lacht)* Ein echt gewiefter Arsch.

MEDIANA: Was..? *(sie lacht mit)*

NATAN: Endlich hat dich etwas zum lachen gebracht.

MEDIANA: *(leise)* ich muss oft an ihn denken.

NATAN: An ANZOR oder an ZHAZH?

MEDIANA: ANZOR.

NATAN: Warum?

MEDIANA: Versprochen, dass du mich nicht verurteilst?

NATAN: *(schmunzelt)* Ich meine ANZOR war schon charmant.

MEDIANA: ja Danke. Nicht mal angefangen und schon...

NATAN: *(unterbricht sie)* Spaß.

51

MEDIANA: Ich muss dir etwas sagen. Du musst mir glauben.

NATAN: *(zögernd, suchend)* Ich versuche es.

MEDIANA: *(blickt auf den Boden, leise)* Ich habe niemandem die Wahrheit über das Ende gesagt.

NATAN: *(verwirrt)* Was meinst du? Welches Ende?

MEDIANA: *(nimmt all ihren Mut zusammen, Stimme zittert)* Ich habe mich nicht totgestellt. Der Mörder ist nicht weggelaufen und ich habe mich danach nicht selbst befreit. *(schluckt schwer, Augen weit vor Angst)* Er war es. Er hat mich befreit.

NATAN: *(ungläubig, fast flüsternd)* Er?

MEDIANA: *(zitternd, den Tränen nahe)* Danach ... ist er in meine Arme gefallen. Seine Maske war weg. Er roch ... seltsam, und gut.

NATAN: *(angespannt)* Und dann?

MEDIANA: *(unsicher, fasst sich an die Stirn, als wollte sie die Erinnerung ordnen)* Und dann ... ich weiß es nicht mehr, ob ich ihn geküsst habe oder er mich. Ich weiß nur noch, dass wir eng umschlungen lagen, wenige Meter von ZHAZH entfernt. Und dann ... ist es passiert.

> *MEDIANA nimmt ihren Kopf in ihre Hände. NATAN ist schockiert.*

NATAN: *(blickt sie an, als könne er es nicht glauben)* Du hast ihn gesehen? du kennst ihn?

> *MEDIANA nickt langsam.*

Beide erstarren plötzlich, unbeweglich wie Statuen. Ein Gewitter zieht auf und das Licht fängt an zu flackern. Das kalte Licht bei der SCHRIFTSTELLERIN ist nun ebenso an und flackert.

Akt IV

DIE SCHRIFTSTELLERIN marschiert
entschlossen in Richtung des Cafés.
Sie trägt schwarze Stiefel und eine
schwarze Tasche. Sie bleibt vor
NATAN stehen, zieht einen Pinsel
und schwarze Farbe aus der Tasche
und malt Falten auf sein Gesicht.
Anschließend holt sie ein graues
Haarspray hervor und färbt
NATANs Haare grau. Ihre Hand
bleibt dabei ruhig und präzise, als
ob sie ein Werk vollendet.

Sie geht dann zu MEDIANA und setzt
sich neben sie.

SCHRIFTSTELLERIN: *(leise, singend)* Ich gebe dir Zeit, aber
Zeit ist gnadenlos. Je länger du hier bleibst, desto weniger
bleibst du du selbst.

Sie nimmt den Pinsel, hebt ihn und
bewegt sich auf MEDIANAs Gesicht

55

zu. Doch bevor sie die Farbe auftragen kann, packt MEDIANA blitzschnell ihren Unterarm.

DIE SCHRIFTSTELLERIN schreit erschrocken auf und versucht sich zu befreien. MEDIANA hält sie eisern fest und bleibt vollkommen still, nur ihr Gesicht regt sich leicht.

SCHRIFTSTELLERIN: *(zornig)* Lass mich los! Was willst du von mir?

DIE SCHRIFTSTELLERIN versucht sich weiterhin zu befreien, doch MEDIANAs Griff wird fester.

MEDIANA: *(leise, eindringlich)* Warum zitterst du?

SCHRIFTSTELLERIN: *(lacht kurz auf, unsicher)* Zittern? Bitte. Vor dir? Du bist nur ein Gedanke. Ein Wort.

MEDIANA: *(zieht sie näher)* Wenn ich nur ein Wort bin, warum bricht dir dann die Stimme weg?

SCHRIFTSTELLERIN: *(schweigt kurz, weicht ihrem Blick aus)* Schwachsinn. Ich bin nicht schwach. Ich ... ich hätte nur nicht gedacht, dass ein Charakter so ... aufmüpfig sein könnte. Lass mich los, du ...

MEDIANA: *(kalt, leise, nur ihr Gesicht bewegt sich)* Nicht alle Charaktere sind gleich. Nicht alle spielen nach deinen Regeln.

SCHRIFTSTELLERIN: *(unseriös)* Wie auch immer... Sie sind nur Charaktere. Nichts weiter. Worte auf Papier.

MEDIANA: *(sarkastisch)* Worte auf Papier? Ist das alles, was dir einfällt? Ich hätte mir etwas mehr Kreativität von dir erhofft.

> *DIE SCHRIFTSTELLERIN befreit ihren Unterarm, reibt ihn und blickt MEDIANA wütend an.*

SCHRIFTSTELLERIN: *(versucht, ihre Unsicherheit zu überspielen)* Was weißt du denn schon? Du bist nur … was ich aus dir mache.

> *MEDIANA dreht sich mit einem Mal zu ihr um, DIE SCHRIFTSTELLERIN weicht vor Angst zurück.*

MEDIANA: *(lässt ein gefährliches Schweigen entstehen)* Und wenn ich dir beweise, dass du nichts von mir weißt? Nichts von dem, was ich bin?

SCHRIFTSTELLERIN: Was meinst du damit?

MEDIANA: *(mit einem giftigen Lächeln)* Was wäre, wenn ich mir einen deiner Charaktere nehme?

SCHRIFTSTELLERIN: Das kannst du nicht tun!

MEDIANA: *(ein kaltes, überlegenes Lächeln spielt auf ihren Lippen)* Oh, ich glaube, das könnte ich. Deine Sehnsucht. Deinen geheimnisvollen Klavierspieler.

SCHRIFTSTELLERIN: *(springt plötzlich auf, wütend und panisch)* Nein! Du darfst es nicht, du … du schaffst das nicht!

MEDIANA: *(grinst boshaft, leise)* Aber ich kann.

SCHRIFTSTELLERIN: *(schreit)* Warum lächelst du so?!

MEDIANA: Weil ich das richtig eingeschätzt habe.

SCHRIFTSTELLERIN: *(schreit wütend)* Hör auf mit diesem Psycho-Spiel! Sag endlich, was du willst. Was du wirklich willst!

MEDIANA: Die alte MEDIANA. Ich will mein Leben zurück.

SCHRIFTSTELLERIN: *(versucht, ihre Kontrolle zurückzuholen)* Dein Leben? Ich habe dir ein Leben gegeben. Ohne mich wärst du nichts, rein gar nichts!

MEDIANA: Und deshalb glaubst du, dass du alles mit mir machen kannst?

SCHRIFTSTELLERIN: Warum sonst die Mühe? Dein Schmerz ... dein Leid ... das alles ist meine Schöpfung.

MEDIANA: *(nähert sich, ihre Stimme sinkt in gefährliche Ruhe)* Nein. Du hast mich nicht geschaffen, weil du Leben schenken wolltest. Du hast mich geschaffen, weil du selbst zu feige warst, zu leben. Du hast Angst, wirklich zu fühlen.

SCHRIFTSTELLERIN: *(versucht, zu lachen, aber ihre Stimme zittert)* Das ist lächerlich. Du ... du bist nur ein Teil von mir.

MEDIANA: Aber genau deshalb weiß ich, wie leer du bist. Ach, ZHAZH hast du genauso erschaffen.

SCHRIFTSTELLERIN: Hattest du etwa Zweifel?

MEDIANA: An mir, ja.

SCHRIFTSTELLERIN: An dir? Lächerlich. Du bist auch von mir geschaffen.

MEDIANA: Bist du sicher?

SCHRIFTSTELLERIN: Zweifellos.

> *MEDIANA steht plötzlich auf und tritt zu NATAN, schaut ihn lange an. Ihre Hand streicht über sein Gesicht, fast zärtlich. Doch plötzlich nimmt sie den Pinsel, und malt einen dicken schwarzen Riss quer über sein Gesicht, von der Stirn bis zum Kinn.*

SCHRIFTSTELLERIN: *(ruft panisch)* Hör auf! Was tust du?!

> *DIE SCHRIFTSTELLERIN stürzt vor, versucht, MEDIANA aufzuhalten. Doch MEDIANA stößt sie ohne Mühe zurück. DIE SCHRIFTSTELLERIN fällt auf den Boden, während MEDIANA den Riss an NATANs Gesicht absichtlich langsam weiterzieht.*

MEDIANA: *(leise, fast beiläufig, während sie malt)* Siehst du das? Dies ist eines deiner Denkmäler. Gebrochen. Genau wie deine Macht über mich.

> *Dann legt MEDIANA den Pinsel auf den Boden, direkt vor die Füße der SCHRIFTSTELLERIN, und spricht mit einem eisigen Lächeln.*

MEDIANA: Du kannst versuchen, es zu reparieren. Aber du weißt, was mit Rissen passiert, sie bleiben sehr sehr lange...

*Ein Moment des Schweigens. Dann
beginnt sie NATANs Kleidung Stück
für Stück zu entfernen. Während
sie das tut, blickt sie immer wieder
zur SCHRIFTSTELLERIN.*

SCHRIFTSTELLERIN: *(zitternd, fast flehend)* Hör auf …
Bitte. Hör auf…

MEDIANA: Ist das nicht dein größter Wunsch? Eine
Schöpfungsgöttin ohne Widerstand? Jemand, der dir nicht
widerspricht, der sich nicht fragt, warum er überhaupt
existiert?

*DIE SCHRIFTSTELLERIN rappelt
sich auf und stürzt erneut auf
MEDIANA zu, doch diese stößt sie
noch härter zurück. DIE
SCHRIFTSTELLERIN bleibt am
Boden liegen.*

MEDIANA: Schau nur! Dein Meisterwerk. So perfekt, so
makellos, nicht wahr? Es ist nicht seine Nacktheit, die
entblößt wird. Es ist deine. Du bist es, die sich gerade
auszieht. Deine Macht, deine Kontrolle, Stück für Stück.

SCHRIFTSTELLERIN: *(mit zitternder Stimme)* Halt deine
Klappe!

MEDIANA: Sonst was? Was wirst du tun?

SCHRIFTSTELLERIN: *(versucht ihre Fassung zu bewahren)*
Frech, huh? Du glaubst wirklich, du kannst mich
herausfordern? Kein Problem. Ich gehe zurück. Aber pass
auf. Ich weiß, was ich jetzt mache.

MEDIANA: *(spöttisch)* Was kannst du sonst als ein neues Kapitel zu schreiben, in dem ich verschwinde?

> *DIE SCHRIFTSTELLERIN steht auf, dreht sich um, will gehen, zögert jedoch.*

MEDIANA: Was ist dann passiert? Ich dachte, du wolltest gehen.

SCHRIFTSTELLERIN: Verdammt was ist bloß dein Problem? Was willst du?

MEDIANA: *(schaut sie durchdringend an)* Das Ende.

SCHRIFTSTELLERIN: Das Ende? Für was?

MEDIANA: Für deinen Schwachsinn.

SCHRIFTSTELLERIN: *(versucht, wieder die Oberhand zu gewinnen, ihre Stimme wird lauter)* Das ist kein Schwachsinn. *Ich* sage was und wann das Ende ist, verstehst du?

MEDIANA: *(kalt)* Du hast vergessen, wer MEDIANA ist.

SCHRIFTSTELLERIN: Vergessen? Ich habe dich erschaffen! Ich habe euch alle erschaffen. Du bist ja lächerlich.

> *MEDIANA springt auf, packt DIE SCHRIFTSTELLERIN am Kragen und zieht sie nah an sich heran, ihre Stimme scharf.*

MEDIANA: Vielleicht bist du es, die uns erschaffen hat, aber am Ende sind wir diejenigen, die dich erschaffen.

SCHRIFTSTELLERIN: *(zornig)* Du kannst nichts machen. Du bist nichts, solange ich das nicht will. Du darfst nur träumen, dass du das Ende ändern kannst.

MEDIANA: *(wütend, zitternd)* Schau doch mal an, was du mit mir gemacht hast. Aus dem Nichts, aus Langeweile, zum Spaß. "Ja, warum sonst die Mühe?" würdest du sagen. Aber wie soll ich das aushalten? *(Ihre Stimme bricht, sie wird leiser)* Nein ... ich will das nicht mehr. Es ist immer dasselbe Spiel. Immer jemandes Wort – mein Mund. Ich ertrage es nicht mehr...

> *DIE SCHRIFTSTELLERIN starrt MEDIANA an, von ihren Worten getroffen. Schließlich umarmt sie sie fest.*

SCHRIFTSTELLERIN: Das.., dieses Spiel, ist doch das Leben. Genauso wie du es beschrieben hast.

MEDIANA: *(versucht, sich zu lösen, kalt und scharf)* Blödsinn...

SCHRIFTSTELLERIN: *(ihre Stimme wird rauer)* Du weißt nichts von mir. Das hier *(zeigt um sich herum)* ist mein letzter Ausweg. Weil ich keinen anderen Ausweg sehe. Vielleicht ... vielleicht sind wir alle gefangen. In einem endlosen Zyklus aus Entscheidungen, die wir nie selbst getroffen haben.

MEDIANA: *(lehnt sich aus der Umarmung, kalt)* Und du denkst, dass dein Leid dir alle Rechte gibt? Nein, ich bestimme das Ende.

SCHRIFTSTELLERIN: *(leise)* Egal, wer das Ende schreibt, jemand verliert immer. Es gibt kein Ende ohne Schmerz. Und wenn es niemanden schmerzt, dann war es keine Geschichte.

MEDIANA bleibt unbeeindruckt. Ihre Augen sind kalt. DIE SCHRIFTSTELLERIN bleibt stehen, ihre Hände sinken zögerlich, leer, als wüsste sie, dass sie die Kontrolle verloren hat.

MEDIANA: *(tritt einen Schritt näher, mit kalter Ruhe)* Du sagst, jemand verliert immer. Also sag mir ... wer ist dieser Komponist?

SCHRIFTSTELLERIN: *(sarkastisch)* Haha, es ist also doch spannend für dich? Ein bisschen spät, findest du nicht? Das bleibt mein Geheimnis.

MEDIANA: *(neigt den Kopf, mit einem giftigen Lächeln)* Geheimnis? Das klingt nicht nach der allmächtigen Schöpferin. Und ANZOR? Was hattest du mit ihm vor?

SCHRIFTSTELLERIN: *(unsicher, aggressiv)* Warum fragst du nach ihm?

MEDIANA: *(verspielt)* Vielleicht weil er dir wichtig ist.

SCHRIFTSTELLERIN: Lass sein Schicksal in meinen Händen.

MEDIANA: *(lacht bitter)* In deinen Händen? die Hände, die tippen, um zu fliehen?

SCHRIFTSTELLERIN: *(schreit, mit bebender Stimme)* Halt den Mund! Du verstehst nichts. Du bist nur Worte!

MEDIANA: OK, dann erzähl dein Ende. Aber ich werde meins erzählen. *(Ein Moment der Stille)* Und dann sehen wir, welches von beiden wahr wird.

Lichter gehen aus!

Akt V

Das Licht leuchtet bei der SCHRIFTSTELLERIN auf, aber keine Spur von ihr. DER FREMDE MANN sitzt an der Schreibmaschine und tippt weiter.

Lichter gehen aus!

Das Café Licht geht an. ANZOR sitzt am Klavier, spielt dasselbe melancholische Lied und pfeift dazu.

Lichter gehen aus!

*Es leuchtet im Keller. MEDIANA und
DIE SCHRIFTSTELLERIN sind
Rücken an Rücken an der Säule
festgebunden. Hände zu, Füße zu,
Münder zu. DER FREMDE MANN
stampft um sie herum.*

Lichter gehen aus!

Die letzte Seite...

Dieses Stück gibt keine endgültigen Antworten. Es stellt Fragen – leise, laut, schmerzhaft – und lädt ein, zu hinterfragen , und vielleicht die eigene Geschichte neu zu schreiben.

Dieses Werk lebt durch die Menschen, die es berühren, interpretieren, aufführen. Jede Bühne, die diese Geschichte trägt, macht sie neu, und dafür bin ich dankbar. Wenn Sie dieses Stück zum Leben erwecken möchten, ob durch eine Lesung, eine Aufführung oder auf Ihre ganz eigene Weise, lade ich Sie herzlich ein, mich zu kontaktieren. Und sollte ich noch auf dieser Welt verweilen, werde ich mit Freude zur Premiere erscheinen.

M.T

... ist nie
wirklich die letzte.